おしらこさま綺聞

OSHIRA
KO SAMA
KIBUN

新井高子

幻戯書房

目次

カバー写真　新井高子
装幀　ミルキィ・イソベ
本文レイアウト　ミルキィ・イソベ＋安倍晴美（ステュディオ・パラボリカ）
本文組版　H・N

おしらさま綺聞

*

衿もと

「あンれまぁ、とし江《としえー》さんが出《で》て来《き》たかと思《おも》ったぁ」って
伯母《おば》さんが目《め》を丸《まる》くして、

いっぺんに、十歳《とお》も老《ふ》けてしまったぁ、わだしは。母《かあ》さんの垢付《かたみ》バ着《き》たでしょう。浅緑《あさみどり》の紬《つむぎ》ですよ。衣紋《えもん》を抜《ぬ》くその寸法《すんぽう》が、屈《かが》まして見《み》せるんですよ、わだしの背《せ》すじバ、丸《まる》めッちまうの。

姿見《すがたみ》の水底《みなぞこ》から、とうとう上《あ》がって来《き》ょったぁ、びしょぬれの大年増《おおどしま》が。日数《にっすう》で喰《く》うんでねぇのさ、真《まこと》の年齢《とし》ゃァ、死《し》んだひとの着物《きもん》でとるのよ。

だから、捨《す》てらィないでしょ、あんだァも、飼《か》ってるでしょ。

箪笥《たんす》の引出《ひぎだ》しは、小《ち》ィちゃい棺《ひつぎ》だァもの。仰向《あおむ》げで眠《ねむ》ってるンでねぇのすか、襦袢《じばん》も、

被布《ひふ》も。
そっくりの衿《えり》もとだァもの、母《かあ》さんと。
死《し》んだ時《とき》にはなかったよぉ、ここの染《し》みなんか。
なァして覆《おお》うンだろうねぇ、なァして隠《かぐ》すンだろうねぇ、首根《くびね》から踝《くるぶし》まで。ほぉら、
歩《ある》いてみせようがぁ。

あんだァの瞳《め》に映《うづ》るのは、わだしだろうか、
着物《きもん》だろうか、
はじめッから、ソッチじゃねぇのかッ！

――ないはずですよ、
足《あし》なんて

ぬたらッと
目《め》ぇ丸《まる》ぐして、

襤衣

烈火《れっか》のごとく怒《いか》ったのは、祖母《そぼ》でした。先立《さきだ》った娘《むすめ》、えぇ、わたしの母《はは》の七回忌《しちかいき》に、手《て》を合《あ》わすな、と。絽《ろ》のきものを着《き》ていきたい、うす鼠《ねず》のちょうどいいのを、セコハンで見《み》つけたからと、むしろ無邪気《むじゃき》に電話《でんわ》すりゃア。

一度《いちど》か二度《にど》しか、通《とお》されておらんでしょう、その袖《そで》は。丈《たけ》も幅《はば》も、わたしのために仕立《した》てたようじゃァありませんか。淡《あわ》い色合《いろあ》いなんぞ、ようようと隔《へだ》たった喪《も》の年月《としつき》で、お値《ね》ごろで。

大事《だいじ》にしまってあったげですよ、鼻曲《はなま》がりな樟脳臭《しょうのうくさ》さが。三日間《みっか》も干《ほ》しゃア、とれるさねぇ。なァんの、不足《ふそく》のあろうやと、浅草《あさくさ》で紙幣《いくまい》かで買《か》って。

行《い》ぎますとも、着《き》て行《い》ぎますとも。
九十歳近《きゅうじゅうちか》い婆《ばあ》さんに仕切《しき》らィて堪《た》まるもんか、
じつの母者《ははじゃ》の供養《くよう》だィ。
すみからすみまで揮発《ベンジン》ふいて、垢抜《あかぬ》いて、白檀《びゃくだん》の香袋《こうぶくろ》をひと月吸《つきす》わして。
麻《あさ》の白襦袢《しろじばん》に羽織《はお》ったその日《ひ》は、蓮《はす》の紋紗《もんしゃ》の黒帯《くろおび》で、みずからの肝《きも》ッ玉《たま》まで
締《し》め上《あ》げまして、
サッサと
飛《と》び乗《の》りましたよ、里行《さとい》ぎのいちばん電車《でんしゃ》に。

年増女《としまおんな》の色気《いろけ》というのァ、
地味《じみ》めなほうが出《で》るものですよ。
衿抜《えりぬ》いて、薄紅《うすべに》ひいて、しっかりと眉描《まいか》きゃァ、ちらちら、こっちバ見《み》や
る男衆《おとこしゅ》のあったぐらいで。
古着《おふる》のどこが悪《わり》ィんだィ！　ご愛嬌《あいきょう》じゃァありませんか、
チィッと落《お》ちない袖口《そでぐち》の醤油《しょうィ》ぐらい、厚塗《あつぬ》りで隠《かく》したはずの頬《ほ》っぺたの染《し》み

ぐらい。来《く》るわけでァねぇがんしょう、だれだって、田舎《いなか》の法事《ほうじ》に、まッサ
ラで。
玄関《げんかん》の戸《と》を開《あ》けりゃア、
懇《ねんご》ろに、引《ひ》き物《もの》の個数《かず》バかぞえる、ちえ子義姉《こねえ》さん。茶《ちゃ》の間《ま》へ上《あ》がれば、
その祖母《そぼ》が
奥《おく》に座《すわ》ってこっちバ睨《にら》み、

大馬鹿者《おおばかもん》の来《き》よったぞ！
ヤイ、ちえ子《こ》、ツッ返《かえ》せ、乞食女《こじきおんな》をツッ返《かえ》せ！
たじろぐ義姉《よめ》を瞬時《しゅんじ》に見限《みかぎ》り、
　　　膝立《ひざた》てる、
　　背《せ》なかの曲《ま》がった大年寄《おおどしょう》りが。
打《う》たれてやろうと思《おも》ったがですよ、わたしは。皺《しア》だらげのその平手《ひらて》に。
何度《なんど》だって叩《はた》かれたさねぇ、こどもの時分《じぶん》ァ。エンヤと寄《よ》りくる婆《ばあ》さんに、
鼻《はな》つき合《あ》わしてやったがですよ、わざわざと腰《こし》バかがめて。

ヒッ裂《チャ》ぶく！
数本《すうほん》きりのその歯《は》の角《ツノ》が
夏衣《なつごろも》のすそ、
ヒン捲《めく》り、

どの顔《ツラ》さげろィ！
親《おや》の法事《ほーじ》に、素性《すじょう》のわからん死《し》に皮着込《がわきこ》んで、
馬《うま》の骨《ほね》だよ！　お前《まイ》なんか。

そうして、
卓袱台《ちゃぶだい》の渋茶《しぶちゃ》を、こっちの衿《えり》へ
ブン投《な》げました。

癌《がん》で逝《い》っただれかのように
骨《ほね》と、
皮《かわ》に
なり果《は》てましたよ、

わたしは
河原《かわら》で
　　——だれの子《こ》でもなくなって、
何十年《なんじゅうねん》もかけたがですよ、
そういう襤衣《いしょう》で
そういう素姓《すじょう》で

他人《ひと》の死《し》に皮《がわ》かぶって
立《た》つことに、

詩《し》を書《か》くことに、

川曲

あんたのものでァねァがしょう、川《かわ》は。

たとえ敷地《うち》サ流《なが》れておっても、どうしても来《く》るわけでしょう。言《ゆ》うことなんぞ聞《き》かんでしょう、つたうときも枯《か》れるときも。同《お》なしだよ、あんたァの眼《まなぐ》から漏《も》れでたけれども。潤《うる》むよねぇ。悲《かな》しゅうて悲《かな》しゅうて、しゃぐり上《あ》がってくるよねぇ。

　だァども、

　その悲《かな》しみって何《なん》ですか

ただただ流《なが》れておるのでねぇのかや。

繋《つな》がっておるのだァもの。川《かわ》みだいに、川曲《かわわ》みだいに、あんたと、あたしと、だれかさんと、だれかさんと、結《むす》んでおるがよ、涙腺《るいせん》は。

なァに、見《め》ぇないものばがりのために、振《ふ》りまわさィるサガでしょう、にんげんァ。いつ

だって、そうでしょう。見《め》ぇない川《かわ》バ流《なが》れてて、鳥《とり》の眼《まなぐ》で見下《みお》ろしゃァ、透《す》きとおった迷路《めいろ》が巡《めぐ》る、
いちめんに。
だァもの、いぐらか濡《ぬ》れておるがや、瞳《ひどみ》というのァ、いまだって。

ほうして、亡《な》くなるモンのあるときゃァ、
人《ひど》なんて、踏《ふ》みはずしゃァ、パ——ッと落《お》ちてしまいますから。泳《およ》ぐことも、飛《と》ぶことも、
爪立《つめた》てで這《は》い上《あ》がるのもできんのだァもの。パ——ッと、落《お》ちて、小石《こいし》の広《ひろ》げる波紋《はもん》の
ごとく波《なみ》が立《た》つ。

だから
だれかの身代《みが》わりなんだよ、
泣《な》くというのは
なみだの川《かわ》サ転《ころ》がって、溺《おぼ》れたモンらの人波《ひとなみ》が、寄《よ》せて、溢《あふ》れてくるのだァもの、あん
たァのその目《め》から。

母《かあ》さんが死《し》んだとき、泣《な》きました。

号泣《ごうきゅう》しました。
生《い》ぎたくて生《い》ぎたくて、
むしゃぶりついてたひとだから、朝《あさ》に晩《ばん》に
鰹節《かつぶし》に、
薄《う》すくなってくじぶんの血精《ちしょう》が、焦《じ》れったくて、おっかなくて。
なァに、ほんとうはもう踏《ふ》みはずしておったども、
化《ば》げたがよ、
虎猫《とらねご》に
あたしが削《けず》る鰹節《かつおぶし》の鉋《かんな》のしたへ、腹《はら》ぼうて、舌《べろ》ツッ込《こ》んで。口《くち》の端《はし》からオッこぼすほど、
喰《く》らっておったっきゃぁ。ギィッと爪立《つめた》て、しがみ付《つ》いでおったがですよ、ほんとうは、
なみだ川《がわ》の岸壁《がんぺき》サ。
「血合《ちあ》いバたんとの背節《せぶし》ゃァよこせぇ」って、
髭《しぎ》ゃァ揺《ゆ》らしてねぇ
あぶら蟬《ぜみ》の鳴《な》く夏《なつ》に、輸血《ゆけづ》みだいにおかかバ搔《か》ィとったの、あたしァ、くる日《ひ》もくる日《ひ》も。
そィでもそィでも、しんしん痩《や》せる母《かあ》さんは、

「きょうも、おまいはケチしたにゃぁ
にんべんのと言《ゆ》うたのに、
よろず屋《や》の見切《みぎ》り品《ひん》にゃぁ、こりゃァ」
八重歯《やィば》サ絡《から》まして、毒《どぐ》づいて。三白眼《さんぱぐがん》の青《あお》ぐらさが忘《わ》っせらィねァ。
ほうして、とうとう三十日《みそか》めに、
流《なが》さィてしまったったぁ
ぎゃあごろ、ぎゃあごろ、川《かわ》でも叫《おめ》ぇでおったれば、あたしが泣《な》ぐほかねァがしょう、
岸辺《きしべ》に佇《た》って、ぎゃあだら、ぎゃあだら。

その声《こィ》だよ、
仏《ほとげ》さんバ出《で》たときゃァ、
あんたァも唱《とな》ィたがしょう
羯諦《ギャーデー》、羯諦《ギャーデー》、
うちの母《かあ》さん弔《とむ》ろうて、ぎょうさん泣《な》いでくれしゃったがしょう

白い犬

めったにおらんかったのよ、白《しろ》い犬《いぬ》は、その昔《むが》しゃァ。
野良《のら》なんぞの真《ま》っ白《しろ》が、そんなのが、ヌッと、うす闇《やみ》から首《くび》っこ出《だ》しゃァ、
手《て》ぇ合《あ》わせる者《モン》もあったがよ、
　　　　気味《キビ》悪《わる》くて。
だァれもまっ直《つ》ぐ立《た》っちゃおらんだったもの、その時分《じぶん》は。膝《ひざ》ァ落《お》どしたり、
腰《こし》ゃァまがったり。出《で》てきたわけがしょう、土《つぢ》のくさみの中《なが》から、母《かあ》さんも、
あんだァも、犬《いぬ》っころも。それ嗅《か》ぎまわって生《い》ぎでたわけで。
だァもの、闇《やみ》から寄《よ》ってくりゃァ、
　　素《す》ッ裸《ぱだが》で
器量《きりょう》よしがやってきたぁ、

どうすべやぁ、
ってねぇ。
着《き》てないってこどだから、白《しろ》というのァ。

どんだけ恥《は》ずかしゅう思《おも》うたったなや、年寄《としょう》りたちゃァ。
祝言《しゅうげん》で、嫁御《よめご》さんが、白《しろ》い着物《きもん》バ羽織《はお》るようになったときゃァ、寝床《ねどこ》だけにしてくんさい、あんだのもんにしてくんさい、ってねぇ。すけべ爺《じい》やが己《お》のれのへなちん、まさぐってもおったたっけぇ。
血《ち》ィのぼって、オッ被《かぶ》さる若《わ》けぇ衆《し》だってあったたっきゃあ。

なァに、
犬《いぬ》のはなしですよ
鼻鳴《はなな》らす色音《いろね》なんざァ、四《よ》づ足《あし》も二本足《にほんあし》も、違《たが》わんじゃァありませんか。
声《こィ》よりも深《ふか》い音《おど》っこ、生類《しょうるい》は抱《かが》えておるんじゃねぇのすか。

だがら、着《き》てないんですよ
白《しろ》い犬《いぬ》は、

じぶんの着物《きもん》を
皮《かわ》かぶらんで、現《あらわ》れてしもうたのですよ、この世《よ》に。一毛《いちもう》たりとも纏《まと》わずに、
這《は》い出《い》でて、ほうして歩《ある》いでおるのだァもの。だァもの、見分《みわ》けのつかんで
しょう、皮膚《はだ》がなけりゃア、ハナ子《コ》かヨネ子《コ》か、皮《かわ》がなけりゃア、女《おなご》か草《くさ》っ
ぱらの犬《いぬ》っころか。

見《み》たことがありますか、剝《む》がれた姿《すがだ》ァ。
ツ――ッと包丁《ほうちょう》の先《さき》ッポ引《ひ》いて、ヂッとつかんで。急《せ》ぇでァならん。丁寧《ていねい》に、
そう、丁寧《ていねい》に、口《くち》っこ広《ひろ》げで。
ほうして、一気《いっき》に、ヒンめくってご覧《らん》せぇ。
真白《ましろ》き脂肪《しぼう》に覆《おお》われて、
　晃々《こうごう》と、
赤《あが》い血肉《ちにぐ》が震《ふれ》ぇてる
こうげな美《うづ》ぐしゅうものを、出会《でお》うたことのありますか。
素《す》ッ裸《ぱだが》というのァねぇ、
こういう真髄《しんずい》ですから、生《い》ぎモンの正躰《しょうだい》ですから、ほんとうの着物《きもん》バ剝《は》げば、

遍《あまね》ぐ、だれでも、こうなんですから、
形《かだぢ》の下《しだ》にあるのだよ、
　　　　形而上《けいじじょう》も、
土《つぢ》の中《なが》から這《は》い出《で》てきたの

ヌッと来《き》て、こっちバ見《み》やって鼻鳴《はなな》らしゃァ、
しんみり、
手《て》ぇ合《あ》わせる心根《こごろね》は、あなたにだってあるでしょう

神の子

豚小屋《ぶたごや》さわがし、まっ直《つ》ぐの陰茎《ぼう》バ突《つ》っこむイータリーの映画《ええが》のほうァ、強姦《ごうかん》でしょう。
男《おとご》のファナーティスズムでしょう。もっとふうわり抱《だ》きなんせぇ。

乳首《ちくび》バ入《い》れるがよ、
女《おんな》の獣姦《ずーかん》は
ちゅうちゅうちゅうちゅう、慰《なぐ》さめてもおるがですよ、張《は》りきった若女《おなご》の乳《ちぢ》を、熊《くま》の子《こ》が、
眼《まなぐ》の見《め》ぇない桃色《ももいろ》の、熊《くま》の乳飲《ちの》み子《ご》が、
しゃぶったまんま、
うっつらうっつら眠《ねむ》りの谷《たに》へ
そうして、真黒《まぐろ》い剛毛《ごうもう》が、みるみると生《は》ィそろっても、

鼻《はな》っこ鳴《な》らしておるではないか、
この母《かが》さんに

あいの子《こ》ですよ、
人《ひと》と
獣《けもの》の、
母《かが》さんが編《あ》んだ花茣蓙《はなござ》ひきずって、ぐずって、寝《ね》ようとしないンですから。自分《ずぶん》は人《ひと》だと
思《おも》うておるから。翌春《よぐはる》にァ、
神《かみ》の子《こ》だのに

祭場《にわ》じゅうに、色《いろ》とりどりの花《はな》と毒矢《どくや》をまき降《ふ》らし
祈《いの》って歌《うだ》って、
仕留《しど》めて、
皮《かわ》ァ剝《は》いだら、
去年《きょねん》のあの子《こ》が、小《ち》ィさ子《こ》が、すやすやすやすや寝《ね》でおるようだぁ、透《す》きとおった桃色《ももいろ》で。
かき出《だ》して、乳《ちぢ》くれんとする狂女《きょうじょ》もいっこう珍《めずら》しぐはねァ。その、

あいの子《こ》がしょう、
イータリーの教会堂《きょうかいどう》の聖母《マリア》さまが抱《だ》いておるのも

神の木

斬《き》り出《だ》した大木《たいぼぐ》を、縄《なわ》で結《い》わィて運《はご》ぶでしょう、大勢《おおぜえ》の若衆《わがしゅう》で運《はご》ぶでしょう。
難所《なんしょ》の斜面《しゃめん》サ出《で》たら、落《お》とすがの、転《ころ》がすがの。
乗《の》りこなそうと、
われもわれもと揺《ゆ》すぶられ、自分《ずぶん》の命《いのぢ》のほう落《お》っことす輩《やがら》もあるよぉ、祭《まづ》りのたンびに。
　跨《また》がるから、
　神木《しんぼぐ》なのです
跨《また》がって駆《か》け下《お》りるから、宿《やど》るのです、
　　　　　　　木《き》に、心臓《しんぞう》が。
だァもの、
すっかりたましいバ渡《わだ》しちまう男《おのご》もあって。

獣《けもの》だァもの、山神《やまがみ》が獣《けもの》だった記憶《きおく》だァもの。
にんげんは不思議《おがす》ィなぁ。
頭《あだま》でァ、木《き》ィだと思《おも》っておるンがよぉ。身体《からだ》のほうでァ、四《よ》づ足《あし》の生《い》ぎ神《がみ》さまさ。
　分《わ》がれたンかもしんないねぇ、
　そのときに
頭《あだま》と身体《からだ》は
神《かみ》と獣《けもの》は、

靈魂《レーコン》バ感《かん》ずるでしょう、木《き》にも。枝打《えだう》てば、痛《いだ》がると思《おも》うでしょう。
振《ふ》りかぶって、ぎずん、と斧《おの》がめり込《こ》みゃァ、
　　　　　悲鳴《ひめえ》が上《あ》がって、
　　　　跨《まだ》がって、
　　　駆《か》け抜《ぬ》けたら、
　　まっ直《つ》ぐに
立《た》たすでしょう、平《たい》らな地《ぢ》べたに。まるで柱《はしら》のようでしょう、人《しと》の、獣《けもの》の。

だァもの、
喋《さ》べり出《だ》しますよ。

鳴《な》がないのに、なァんも泣《な》がないのに、とくとくとくとく降《お》りてくる、垂《た》れてくる、
語《かだ》りごとが
その憑《よ》り代《しろ》に、
止《と》まらん心臓《しんぞう》だから
青空《あおぞら》に、
観念《かんねん》の心臓《しんぞう》だから

とくとくとくとく
とくとくとくとく
無限《むげん》になったっぎゃあ、
にんげんのことばァ

そのときに

川あそび

糸《いと》でねァ、糸《いと》でねァのよ
虫《むし》っこが籠《こも》って、這《は》いでた、穴《あな》あき繭《まィ》を
ひとつ、ひとつ、拾《ひろ》って、
　　毟《むし》って、

そうして、はじめに紡《つ》むィだのァ、糸《いと》でねァ

腸《わた》とゆうがしょう。とわらッと、裂《さ》ィた腹《はら》から溢《あふ》れでて。ごン太《ぶど》けァ、ところ天《てん》だよ。
おっ陽《し》ゃまバ、ようやぐ拝《おが》んだめめずだよ。
腸持《わたも》ちとゆうたがですよ、その昔《むが》しゃァ。聞《き》ィたこどァねがったの、動物《ドーブツ》なんて。だって、
そうがしょう。木《き》であろうが草《くさ》であろうが、伸《の》びて、さわいで、動《いご》くもの。

うす闇《やみ》の川辺《かわべ》サ這《は》うのァ、藤蔓《ふじづる》なのか、蛇《くちなわ》なのか。ブッタ斬《ぎ》って、ところ天《てん》の垂《た》れるまで、だれだってわかりゃァせんがや。だァもの、爪《つめ》っこの垢《あが》の塩味《そーあじ》かみしめながら、縮《つづ》こまっていたっけがぁ、おっかなくて、川原《かわら》の子《こ》どもたちゃァ。蚊《か》の鳴《な》くような細《ほそ》こィ声《こィ》バ響《ひび》かしてもいたっけがぁ。

したっけ、

綿《わた》ともゆうがしょう。

繭《まィ》バ毟《むす》ってからげたモンも、そうゆうがしょう。なァに、漢字《かんじ》バさらさら書《か》きとっとるのァ、あんたァの勝手《かって》だァもの。深妙《ふすぎ》なこどだと思《おも》いませんか。

二《ふた》ァつは、同《お》なァし響《ひび》ぎで。

五《いっ》つ、六《むっ》つの可愛《かわい》い盛《さが》りに、いのちの落《お》つる、そういう異事《こど》もあるがしょう。カンのえぇ、聡《さと》こィ子《こ》ぉほど、川原《かわら》サいすぎる。いますこし、もうすこぉしで、にんげんサならんとするとき、その丸木橋《はし》バ渡《わだ》りそぐねた子《こ》の母《はは》ほど、

不憫《もぞ》けァものァいねァなぁ。

その時分《ずぶん》ァ、火葬《も》すなんと、乱暴《あばれ》たこどァ、だァれも思《おも》いもしなかったよ。

痘痕《あばだ》のごとく蠅《はィ》バたかって臭《にお》うまで、添《そ》ィ寝《ね》して、もの語《がた》りして。ヒッ離《ぱが》さィて、泣《な》ぐ泣《な》

ぐ埋《い》けで。寒天色《かんてんいろ》してたっけぇ、風《かぜ》だって。
そうして、
こっくら、
墓場《はかば》の土《つち》ァ肥《こ》ゆるころ、掘《ほ》りかえし、
起《お》こすがですよ、
その子《こ》どもを
洗《あら》うがですよ、
その川原《かわら》で

近所《きんぞ》の女《おなご》も集《あづ》まって。
小指《こィび》の先《さき》も逃《の》がさんように、わずかの血垢《ちあが》も残《のご》さんように、振《ふ》るうがですよ、籠《かご》サ入《はィ》って、
久《しゃ》しぶりに水《みず》バ浴《あ》びた骨《ほね》ッ子《こ》を。
貝《かい》がらバ拾《ひろ》ったみだいに、腰骨《こしぼね》の蝶番《つぉーつがい》を合《あ》わせて笑《わら》う、剽《ひょう》げた娘《むすめ》もおったっきゃあ。
なァに、浅瀬《あさせ》に立《た》って、おっ陽《し》ゃま見上《みあ》げて、まずまず楽《たの》しげにふる舞《ま》うのも供養《くよう》だや。
そうして、辺《あ》だりに花茣蓙《はなござ》すィて、もどの順番《ずんばん》に、もとどおりの順《ずん》の姿《すがだ》にすっきりと並《なら》べ
なおしゃア、

詰《つ》めるがですよ、
その腹《はら》に
腸《わた》バなくした白骨《ハッコツ》に
もういっぱい、
とゆうほどに
真白《ましろ》い真綿《まわた》バ喰《は》ますがですよ、
母《かぁ》さんが

だァもの、二《ふた》つの音《おと》ァ同《お》なしがしょう。
ほうして、手足《てあし》もきれいにくるみ、華奢《きゃしゃ》な手首《てくび》に五本《ごほん》の指《いび》ッポ。ツミレのようにこねて、
摘《つま》んで。なんとまぁ、女《おなご》たちゃァ、器用《きよう》だや。
風《かぜ》にそよいで膨《ふ》らみャア、息《いぎ》するものなぁ、綿《わた》ッ子《こ》が。
その首《くび》にも、母者《かかじゃ》が髑髏《されこうべ》にも伸《の》ばすとき、頬《ほお》の丸《ま》るみもそのまんまで、
あの面持《おもも》ちじャァありませんか
うたた寝《ね》しよった、
膝上《ひざうえ》の、

呼《よ》んだったぁ、その子《こ》の名《な》まえを。
女《おなご》たちゃア、呼《よ》んで舞《ま》って、空《そら》じゅうの鴉《からす》や尾長《おなが》の振《ふ》りかえるまで、輪《わ》ァかくまで、呼《よ》んで呼《よ》んで呼《よ》んだったぁ。
呼《よ》んだったぁ。
ほうして、
うっすら、
闇《やみ》の来《き》て、蚊《か》の鳴《な》ぐようなあの声《こィ》すりゃア、だれだって忘《わす》りゃァせんがや、
自分《ずぶん》が土《つぢ》ゃァ埋《い》がっても。

だがらね、
玩具屋《おもつアや》でぬいぐるみが座《すわ》っておると、俯《うづむ》いてしまうのよ、わたしは。
堪《た》まらず縮《つづ》こまって、爪《つめ》バ齧《かず》ってしまうのよ
虫《むし》みだいに、
根《ね》っこの古《ふる》けァものだがよ
剝製《ハクセイ》は、

糸《いと》よりも

織子瓜子祭文——おりこうりこさいもん

(いちだん)
さでやさでや
雲《くも》に揺《ゆ》られ、風《かぜ》に揺《ゆ》られ
からてん竺《じく》から降《お》り立《た》った織《お》り機《き》であれども
あの娘《おなご》、この娘《おなご》の手《て》バ操《あやつ》って
肌《はだ》バうるおし、
われは名代《なだい》の織《お》り女《め》、織子《おりこ》が姫《しめん》である。
さんづさんづと流《なが》れる川《かわ》のささ小屋《ごや》で
毎日《まいにち》し日《にち》、ひとりこで
　キコパタ、カラ——ン

キコパタ、カラ――ン
織《お》って織《お》って、
美《うつ》ぐし反物《のの》っコ織《お》ったれば
奥山《おぐやま》から、山母《やまかが》がやって来《き》ました。
いだかぁ
いだかぁ
呼《よ》ぶけれども、
われは怪《あや》しと思《おも》てれば
戸《と》バ開《あ》けないでおぐべしと、
そんだら少《すご》ぉし
開《あ》げでけろ
そんでも聞《き》かずにいてみれば、
おらの手《て》ッコ入《い》れでけろ
おらの指《いび》ッコ入《い》れでけろ
山母《やまかが》だども、
ふびんだや

爪《つめ》の隙《すき》だけ戸《と》を引《し》かば、
えらえらと尖《とが》った先《さき》バ、ヒッ掛《か》けて
押《お》し開《あ》ける、
ぐえらッと、
ぼんの窪《くぼ》まで割《わ》れた口《くち》
赤《あが》ッ肌《ぱだ》のその正体《しょうだい》、
鬼《おに》だのし。
あわれや、あわれや
喰《く》われでしまうわだしの身《み》の上《うえ》。

（にだん）
さでさでや
あわれや、ふびん
われァ仕留《しと》めた山母《やまかが》は
またヒッ掛《か》ける、その爪《つめ》で
皮膚《はだ》バ剝《む》ぐ、

ざくらッと、
オッかぶる、
その皮《かわ》バ。
じせなぐ驚《おどろ》ぐ、
わだしのたましい。
　さでもさでも、殺《や》らィだるこの身体《からだ》、
なして
　われを羽織《はお》るべや
山母《やまかが》ふり向《む》き、
　そぉではないよ、その身体《からだ》、
そもそもから
おまいは、おらじゃ。
たらいの水《みず》バ
　覗《のぞ》いでみろぉ
水鏡《みずかがみ》バ見《み》たなれば、
ぼんの窪《くぼ》まで赤《あが》し口《くぢ》

アイヤ――、
鬼《おに》だのし。
毎日《まいにち》し日《にち》、
美《うつ》ぐし衣《べべ》ッコ織《お》ったども
醜《あさ》まし肌《はだ》ッコ持《も》ったがや――。

（さんだん）
さでさでや
泣《な》いで泣《な》いで、
眼《まなぐ》バ腫《ふぐ》らす鬼《おに》ッコに
山母云《やまかが》う《い》は、
そぉではないよ、その身体《からだ》、
美《うつ》ぐし衣《べべ》ッコ織《お》ったれば
美《うつ》ぐし肌《はだ》ッコ剝《む》いたのじゃ。
皮《かわ》ごろも、
織《お》っただよぉ

おまいは、
織子《おりこ》じゃ
神衣《かんみそ》の。
ひゅうるりと
指先《ゆびさき》まで包《く》るまれて、
その姥《ばば》は
黒髪《くろがみ》梳《そ》いで、娘《おなご》の顔《かお》で見下《みお》ろしました。

（よんだん）
さでや、
さでや、
さんづさんづの
川《かわ》を越《こ》え、波《なみ》を越《こ》え
奥山《おぐやま》から降《お》り立《た》った山姥《やまんば》なれども
肌《はだ》バうるおし
身《み》バおどらし

われは瓜二《うりふた》つの、瓜子《うりこ》が姫《しめん》である、
素《す》ッ裸《ぱだが》の娘神《むすめがみ》である。
人間《にンげん》だぢゃア、
芳《かん》ばし枝《えだ》ッコ、
かざしに来《こ》ぉお。

ホーイホイ、山鬼《やまおに》わぁ
ホーイホイ、山《やま》の神《かみ》
ホーイホイ、川《かわ》むこう
ホーイホイ、皮《かわ》ごろも
ホーイホイ、へびのゆめ
ホーイホイ、ふたたびの
ホーイホイ、月《つき》みちて
ホーイホイ、呼《よ》ぶ春《はる》や
ポー、ポー、おーぉーり子《こ》
ポー、ポー、うーぅーり子《こ》

いのちとア、
紅《あ》ぎゃア花《はな》。

おーしらさま考

まっさか膨《ふぐ》れでおらっしゃるなぁ
ぎゅう、ぎゅッと、
細帯締《ほそおびし》めで

春《はる》ァ来《く》るたび、赤《あが》い衣《べべ》ッコ欲《ほ》しがるから、着膨《きぶく》れ上《あ》がってしまわれだったぁ、鞠《まり》ッコみだいに肥《こ》えだったぁ、おーしらさまは。裾《すそ》めぐりゃア、臭《にお》うがや。煮染《にし》めだみだいに、ショボ垂《た》れた何枚《なんまい》も、何枚《なんまい》も。

肉《にぐ》だよ、そりゃア。

毎年毎年《まいどしまいどし》、新《あだ》らし布《のの》ッコおっ被《かぶ》りゃア、熟《う》らすがや、古身《ながみ》のそれバ。ぎょうさん黴《かび》だちゃ飼《か》っとるだっぎゃぁ。春《はる》ァ来《き》で、蠶《おご》めぇとるぎゃぁ、

ほろほろほろほろ。

なァに、蚕《かいこ》の唾汁《つばじる》だもの、肉汁《にぐじる》だァもの、臭《にお》うがよ、絹糸《きぬいど》は。製糸工場《せいしこうば》サ行《い》ったこだァ
ねぇのすか。鼻《はな》ッぽ火《ひ》ィ付《つ》ぐどぉ、繭玉《まィだま》は、皮《かわ》だもの、生皮《なまがわ》だァもの、虫《むし》ッコの。
湿《し》っけて腐《くさ》りゃア、還《け》ぇるンべぇや、
肉塊《ししむら》サ。

おーしらさまは、木乃伊《みいら》でおらしゃるがぁ、お蚕《かいこ》の
おーしらさまは、木乃伊《みいら》でおらしゃるがぁ、娘《むすめ》ッコの

昔《むが》ァしなぁ、おったづなぁ、おーしらさまの心棒《しんぼう》みだいな娘《むすめ》っこが。ダゲーン、ダゲーン、斧《おの》で両腕《りょううで》ブッ斬《ぎ》らィ、立《た》っとっだぁ。人柱《ひどばしら》アさね。
人《ひど》の柱《はしら》バお手向《たむ》げするづよ、山神《やまがみ》に。お返《け》ぇしだァもの、ぎょうさんの木柱《きばしら》の。
立《た》っとっだぁ、
あの娘《むすみ》ゃア
止《と》まンにゃアもの、肩《かだ》の血《ち》が。月《つぎ》の血《ち》が。ぎゅう、ぎゅッと、杙《くい》サ縛《しば》らィ、飛沫《しぶ》ィだっ
ぎゃぁ、胎《はら》がらも。
止《と》まンねにゃぁ、息《いぎ》サ絶《た》ィでも、

ヒン剝《む》がィでも、山神《やまがみ》に、
その生皮《なまがわ》バ

おーしらさまは、身代《みが》アりどぉ、あんだァの
おーしらさまは、身代《みが》アりどぉ、山神《やまがみ》さァまの

春《はる》ァ来《く》るたび、若《わ》げぇ皮《べべ》ッコ欲《ほ》しがるから、膨《ふぐ》れ上《あ》がってしまわれだったぁ、孕《ぼて》レンみだいに肥《こ》えだったぁ、山神《やまがみ》さァまは、祝《ほが》っだなぁ、盛女《むすめ》サ返《け》ぇって、息《いぎ》ンだなぁ。新《あだ》らし

花《はな》ッコ、
山陰《やまほど》から、何本《なんぼん》も、何本《なんほん》も、
何百《なんびゃぐ》も、何千《なんぜん》も、
年《とし》バ重《かさ》ねで、
拵《こ》せぇでけろ、おらァの遺骸《むぐろ》ぉ。ゆっぐら、ゆっぐら、着《き》してけろ、お蚕《しら》の肌《はだ》コぉ。

赤《あが》いの、
けらい
染《し》みっぢまァもの、止《と》まンにゃァもの。裾《すそ》めぐりゃア、臭《にお》うべや。
月《つぎ》だよ、
そりゃァ

電球

だァらりと、お低頭《じぎ》バしながら咲《さ》いとったよ、一重咲《ひとえざ》ぎの寒椿《かんつばき》が。見《み》やっておれば、
戸口《とぐち》から、年増女《としまおんな》が口紅《べに》ひいて、
「電球《でんきゅう》、お助《たす》けくださいませんか」。
ひょっと、合点《がでん》しぢまったァのす、土地《とぢ》ことばじゃねぇもんで。上《あ》がりッ端《ぱな》サ脱《ぬ》ぐボロ靴《ぐつ》、
恥《は》ずかしかったなや。「あのひとと同《おな》じ靴下《くつした》」。妙《みょう》に通《とお》ったその声《こえ》が、こっちの背《せ》すじサ、
ひゃッと走《はし》って。軋《きし》んだっけぇ、床板《ゆがいだ》も。
馬鹿《ばァが》に高《た》げぇ杉天井《すぎてんじょう》。おらの背丈《せぇ》でも届《とど》かしねぇ。脚立《きゃだづ》バ探《さが》して、戻《もど》って来《く》りゃァ、
立《た》ってごぜんす、
大年増《おおどしま》が
綸子《りんず》の緋色《ひいろ》の襦袢姿《じばんすがだ》で

障子越《しょうじご》しの薄《う》すら明《あ》がりに、うづ向《む》いておりやした。伊達締《だてじ》めバ弄《いじ》りくさって。脱《ぬ》ぎすてたメリンスの袂《たもと》を踏《ふ》むのは、
もう素足《すあし》や。
(こりゃ、気狂《きち》げぇダイ)
脚立《きゃだつ》バうッ捨《ちゃ》り、踵《きびす》を返《け》ぇしたのァ言《い》うまでもねぇがす。

「もぉし、なんにもいたしません
見《み》ていただきたいだけなのです」
放《はな》してくれんがよ、追《お》いすがるその声《こえ》が。かぼそい声尻《こわじり》、なお研《と》いで、尖《とが》らして、おらの耳根《みみね》サ引《ヒ》ッ掛《か》けて、ハア、ハア、ハア、ハア。荒《あら》がってく女《おんな》の息《いぎ》が、煙《けぶ》り立《た》ってくその匂《にお》いが、胸苦《むなぐる》しゅうで胸苦《むなぐる》しゅうで、
振《ふ》り向《む》かざるを得《え》んのした。瞳《め》が合《あ》うと、
　ひゅうッと澄《す》んだよ、
　流《なが》れた化粧《けしょう》のしたの素顔《すがお》が
鬼《おに》でも蛇《じゃ》でも来《き》ィやがれぇ。覚悟《かくご》して、ツッ倒《たお》し、ヒッ裂《ち》ぎりゃァ、
着込《きこ》んでおるがや、もう一皮《ひとかわ》。

「見《み》ていただきたいだけなんです」
羽二重《はぶたえ》のその白襦袢《しろじばん》が、内股《うちもも》よじって、裾《すそ》を直《なお》しゃる。経帷子《きょうがたびら》にも見《め》えだっけぇ。まるで臨終《りんじゅう》し立《た》てのごどく、額《ぬが》の皺《しわ》がサッと退《し》ぎ、お蠟《ろう》のように涼《すず》しい顔《おもて》に、カッと灯《とも》った真《ま》深《ぶか》き瞳《ひどみ》。おらは夢中《むぢゅう》で衿《えり》ヒッつかみ、開《はだ》かす片胸《かだむね》、ざぐらッと。

　ごぜぇませんのした、
　乳房《ちぢぶさ》が
み雪《ゆき》のように平《たい》らかで、一匹《いっぴき》の五寸百足《ごすんむかで》が、
「手術《しじつ》して二十年《にじゅうねん》です」

手術《しじつ》シテ、
二十年《にじゅうねん》デス。

ハア、ハア、ハア、ハア、
こうしてあなたに見下《みお》ろされ、胸《むね》の海《うみ》が波立《なみだ》つと、吹《ふ》き返《かえ》してきますでしょう、ハア、ハア、ハア、ハア、赤々《あかあか》と、心《しん》の臓《ぞう》の真上《まうえ》の傷《きず》が。なったいま、生《う》まれたように腫《は》れ上《あ》がってきたでしょう。
蠍《サソリ》ですよ、わたしの胸《むね》の。ハア、ハア、鋏《はさみ》だもの、ここの縫い目《め》が。まるでお星座《ほし》の尻尾《しりお》

でしょう、抉《えぐ》った深傷《ふかで》の針《はり》さきなんて。伸《の》び上《あ》がらしてみましょうか、こうして息《いき》を膨《ふく》らして。ハア、ハア、

ハア、ハア、

あの朝《あさ》

椿《つばき》が咲《さ》きました、

病院《びょういん》の生垣《いけがき》に一輪《いちりん》だけ。

わたしは白《しろ》い浴衣《ゆかた》を着《き》せられ、鼻《はな》すじがあなたによく似《に》た医者《せんせい》でした。

麻酔《ますい》が効《き》いて、モヤのなかの迷子《まいご》の耳《みみ》にも、声《こえ》は響《ひび》いて

「はじめます」、

恐《こわ》くて、目《め》の裏《うら》、こじ開《あ》けました、

カッと灯《とも》ったその電球《でんきゅう》、焼《や》き付《つ》いたままなのです、わたしの奈落《ならく》の水鏡《みずかがみ》に。

はやく点《つ》けてくださいまし、

もういちど、

あなたはよく似《に》た医者《せんせい》で、きょうも、わたしは白《しろ》いきもので

咲《さ》いたでしょう、生垣《いけがき》だって

点《つ》けて、ほら、

掠《かす》ったよ、掠《かす》ったもの、あなたの鋏《はさみ》はひゃっこいねぇ、
もっともっと波打《なみう》って、見《み》せますから、
熱《あつ》い赤《あか》ァいこの胸《むね》を、わたしは
ずっと白《しろ》いきもので、あなたはずっと医者《いしゃ》さまで、
切《き》ったでしょう、表《おもて》の白《しろ》い椿《つばき》を、
散切《ざんぎ》りにしたでしょう、
だから、赤《あか》いきもので出《で》たんじゃないか！
どうして点《つ》かないのさ！
電球《でんきゅう》が、
こじ開《あ》けたんだよ、毒針《どくばり》が、
ヒッ掻《か》いたんだよ、目蓋《まぶた》とあたしを、
ツッ刺《さ》して、オッ被《かぶ》さって、
カッと、
灯《とも》しゃァいいだろう
麻酔《ますい》のモヤって美味《おい》しいねぇ、こんなにも涼《すず》しいもの、
はち切《き》れたって吸《す》うんだ、あたしは、

どんどんどんどん脹《ふく》れて脹《ふく》れて、このお腹《なか》、気《き》持《も》ち悪《わ》りィかい？
吊《つ》るっとくれよ、
生垣《いけがき》に
赤《あか》でも白《しろ》でも咲《さ》くんだから、花《はな》なんて
風《かぜ》に吹《ふ》かれる電球《でんきゅう》だろ、
あたしが、
花提灯《はなちょうちん》だよ、
すっぱい夜露《よつゆ》のお星《ほし》さまだよ
よじのぼって、この縫《ぬ》い糸《いと》を歯《は》に喰《く》い縛《しば》って、よじのぼって、
宙《ちゅう》づりで、宙《ちゅう》ぶらりんで、
雁字搦《がんじがら》めのしたたる蠍《サソリ》が、
腹《はら》ぼての大蠍《オオサソリ》が、
映《うつ》るよ、
その姫鏡《ひめかがみ》に
電球《でんきゅう》、

電球《でんきゅう》、

電球《でんきゅう》、点《つ》けろ！

化野

男《おどご》が男《おどご》バ愛《いど》しがるでしょう、憎《にぐ》がるでしょう。引《し》ぎ合《あ》うでしょう。おいおい泣《な》ぐ童《わらし》やら、
ぐいぐい迫《せま》る女《おなご》らから、
出征《しゅっせー》ですよ
武者《むさァ》のヘソは、
玉《たま》ですから
偉丈夫《いじょーふ》の男衆《おどごす》が、
その体力《たいりき》と地力《じりき》バ賭《か》げて、互《たが》いの尻《ケツ》サそれブッ込《こ》んで、ずだずだずだずだ
裂《さ》いたがでしょう、
じぶんらの神《かみ》に、血《ち》ィに、国家《こっか》とやらに
咲《さ》かした花《はな》が、

ことだまの大建築《だいけんちく》でありました。ことわりの大建築《だいけんちく》でありました。十字軍《ずうじぐん》も関ヶ原《せきがはら》も
大東亜《だいとーあ》も、
それほど違《たご》うて見《め》えんだよ、おらァのごとき老婆《ばばァ》にァ。
精液《しょうえぎ》のおたまじゃくしの水族館《すいぞッかん》でァねァのすか
精液《しょうえぎ》のきつね火《び》のすすきヶ原《はら》でァねァのすか
軍隊《つわもの》ァ、
写経《しゃぎょう》しろ、千人針《せんにんばり》しろ。濃淡《のうたん》するその墨《すみ》の、止《と》め、跳《は》ね、払《はら》い。鉄鋼《はがね》するその火銃《ほづつ》の、止《と》
め、跳《は》ね、払《はら》い。
火花《ひばな》でしょう、花火《はなび》でしょう、戦争《せんそう》は、見《み》せ物《モン》がんしょう。
ほうして、透《す》きとおった宙空《ちゅうくう》で、
大伽藍《だいがらん》が爆発《ばくはつ》すれば、
切《き》れッ端《ぱし》だよ
狡猾《こうかつ》ですよ、
知《し》らん顔《かお》も、瓜《うり》ざねも、縫《ぬ》い針《ばり》も、縫《ぬ》ってた女《おなご》も、
竹槍《たけやり》たけらし、
豆腐《とうふ》のごとく

ブッ刺《さ》して、
童《わらし》の肉《にぐ》バ

ほうして
いまや、
衛星《エーセー》の中継《つーけー》でだれもかれも見《み》ていることが、手《て》ぇ叩《たた》いてヤッてることが
大伽藍《だいがらん》なのですよ、
俗世《ぞぐせ》いぢめん、
化野《あだしの》の、

陰惨《いんざん》なや

*

七歳

わだァし、ほどんど喋《さ》べらながったの、七歳《ななづ》まで。大嫌《だいぎら》いで、幼稚園《よーぢえん》だの。
いンや、嫌《きら》いづ感情《かんぞー》もあったがどうが、わがんねなぁ。
ざふがァな、海綿《かいめん》みだいな子《こ》どもだったぁ。
浮《う》がんでたっけぇ、いづもかづも。
ゆぐ逃《に》げたぁ、園《えん》バスの来《く》る頃合《ころあ》いァ。小《ち》ィちゃい足《あし》が、とことことことこ。
そうして、暗《くら》がり見《み》づげで、
しどりで眠《ねぶ》ったぁ、しどりで歌《うだ》ったぁ。
わがんねがったの、眠《ねぶ》るこどと歌《うだ》うこどの境《さが》い目《め》も。
寝言《ねごと》だっけぇ。しとり言《ごと》だっけぇ。

どうして、
そのとぎ歌《うだ》ってたっけぇ。
節付《ふしっ》げずに
しとり言《ごと》、やれるようになったのが、
七歳《ななづ》であったか。

逢魔

逢魔《おうま》が時《とぎ》とゆうがしょう。

ひやッと風《かぜ》が沈《しず》んで、うす青《あお》い螺鈿《らでん》みだいに辺《あだ》りバ光《ひか》って。ふり返《かえ》りゃァ、もうもうと照《て》っておるがや、山《やま》の端《は》が。こうげな美《うづ》ぐしうものァねァなぁ。

そら、橋《はし》のうえサ立《た》ってごらんよ。

広《ひろ》いがしょう、空《そら》が。でっけァ雲《くも》がみるみると底光《そごびが》りバはじめるがしょう、桃色《ももいろ》に、橙色《だいだいいろ》に。

その中《なが》から生《ま》れでたように、女《おんな》の子《こ》が、馳《は》せってくるがや、はかはかはかはか。かわゆしなぁ。おかっぱで七歳《ななつ》ぐらいで。ほうして、顔《つさ》っこ拝《おが》もうと、覗《のぞ》き込《こ》もうとするけんども、もううす闇《やみ》で、瞳《まなぐ》の中《なが》ァわがらなくて。

すれ違《ちが》いざま、

なにか言《ゆ》う、なにかバ歌《うだ》う
いンやぁ、言《ゆ》うたと思《おも》うただけかもしんないねぇ。小《ち》ィちゃい肩《かた》バ見送《みおく》りながら、ひとしきり立《た》ち尽《つ》くすがしょう、物思《かん》げぇるがしょう。
ハテ、
あの子《こ》ァ、なんとゆうたか
それが、
ゆうかたの本質《ほんしづ》ですよ

駄洒落《だじゃれ》はよせヤィ、ってかぁ？
はっきりだってえぇがですよ。「たけやぶやけたぁ」とか、「となりのねずみが米喰《こめく》ったぁ」とか。
したっけ、推《お》しはかるがしょう、含意《いみ》っこ慮《おもんぱか》るがしょう。汲《く》み上《あ》がってくるがですよ、そのことばの、
うらがわが
——モシヤ、我家《おらほ》で火事《ひィ》でるかぁ
モシヤ、女房《にょーぼ》がとなりの男《ねずみ》サ姦《く》わィたかぁ

ざわッ、
ざわッと、騒《さわ》ぐでしょう、騒《ぞめ》ぐでしょう、あんたァの心臓《すんぞう》が
駆《か》け出《で》ようがや、その子《こ》と同《おな》ァし方角《ほうがく》へ、
西《にし》へ、西《にし》へ、
火色《ひいろ》の中《なが》へ、血色《ちいろ》の宮《みや》へ

いゝよむモンになるのだよ、夕方《ゆうかた》の橋《はし》のうえでは
螺鈿《らでん》のように
剝《は》げ落《お》ちる、
ぺらぺらの表《おもて》ッつらは
ほうして、よむ、うらをよむ
だァもの、うらのう、と言《ゆ》うじゃァありませんか
だァもの、なるじゃァありませんか、その子《こ》も、この子《こ》も、あの子《こ》も、
魔《ま》に。

ぎょうさん駆《か》けって来《き》しゃったなぁ

飴売《あめう》りのラッパが聞《き》こえたようだィなぁ。いンやぁ、鴉《からす》の群《む》れだもの、飛《と》んで、山《やま》サもどるンべぇや、

あかぁかあ、
あかぁかあ、

どの魔《ま》と
すれ、
違《たが》うのか
なんとゆうたか
なんとゆうたか

あかぁかあ、
あかぁかあ、
あかぁ、かあかあかあ、

供物

捏《こ》ねで捏《こ》ねで、踏《ふ》んで踏《ふ》んで。大根《だいこ》のように乳《ちぢ》の垂《た》れた太婆《おんば》ァが
二《に》の腕《うで》もり上《あ》げ、小《ぺ》っこい足《あし》で地《ち》バとどろかし、
ひとり相撲《ずもう》のようだィねえ
でぇっぷらと、
その生地《きじ》も
肌《はだ》そのもの、
だもの、玉《たま》というがですよ
のり移《うづ》っていぐのだァもの、婆《ば》ァが込《こ》めた大力《だいりぎ》が、そこサ宿《やど》っていぐのだァもの
そぉら、膨《ふぐ》らんでくじゃァありませんか、
ひとりでに

プ――ンッと、地粉《こな》のにおいがくゆって、
うどんの玉《たま》だよ、
たましいは
寝《ね》かすがしょう、ひと晩《ばん》じゅう、婆《ば》ァが添《そ》い寝《ね》するがしょう、
子守《こも》りのまんまよ

打《う》って延《の》して、打《う》って延《の》して、とっくに月経《つゆ》の干《ひ》上《あ》がった太婆《おんば》ァが、
愛《いど》おしがるのァ、なおも長《な》ンげァものだもの
ふぐふぐと、坊《ぼう》やのそれの皮《かわ》かぶり、
ひも皮《かわ》とも言《い》うたがですよ
もうもうと、
湯立《ゆた》て神事《しんじ》のようだィねえ
打《う》ち粉《こ》して
切《き》り上《あ》げて
バラバラバーッと、投《な》げ込《こ》みゃァ、
火照《ほて》るがしょう、婆《ば》ァが欲《ほ》しがる神通力《じんつうりき》が、うどんサ宿《やど》っていぐがんしょう

立《た》ってきたじゃァありませんか、
そら、
芯《しん》が、
プ――ンッと、青《あお》いにおいバ放《はな》って

水《みず》にとる
泳《およ》ぎだす
白《しら》へびたち、
神《かみ》の子《こ》たち、
嬉《き》々《き》として

喰《く》らう隙《す》きッ歯《ぱ》、

棒一本

扉《とびら》ァ開《あ》げれながったの、幼稚園《よーぢえん》の教室《きょうしづ》サ、どうしても入《はい》れながったの。
園庭《にわ》の隅《すみ》っこの雑木《ぞうき》の裏《かげ》で、描《か》いでだの、絵《え》ぇ描《か》いでだの、地《ぢ》べだに。女《おんな》の人《しど》。母《はは》でも
自分《ずぶん》でもない。誰《だれ》かでない。しどりぼっちが向《む》ぎ合《あ》うのァ、
　人形《にんぎょう》だもの。

湿《しめ》った土《つぢ》は、薬箱《くすりばご》の中《なが》のにおいがしてだっけぇ。蟲音《むしね》のような長鳴《ながな》りもして。
描《か》いてァ、消《け》したぁ。何度《なんど》も消《け》したぁ。
　——消《け》ぇたんだよ、
　　ほんとうは

園児《みんな》からはぐれた指《ゆび》が、ヒッ掻《か》ぐ絵《え》づらァ、
オッ欠《か》げそうだもの、首《くび》ッコが。
斜視《しゃす》だもの、右《みぎ》と左《しだり》が。
口《くぢ》っこァ、棒一本《ぼういっほん》だよ。
喋《さ》べれねもの、喰《く》わねもの。同《お》ンなし顔付《かおっ》ぎですよ、まじないの草人形《くさにんぎょう》と。じょろッと、
白目《しらめ》で、こっちを睨《に》らみッ付《つ》げで、

地《ぢ》べだから、

生《ま》れでァ消《き》え、生《ま》れでァ消《き》える。
そうして、染《し》み込《こ》んで来《き》なっしゃる、わだしのからだに、人形《しどがだ》が。
どごまで土《つぢ》か、どごから自分《ずぶん》か。そごから生《ま》れで、四年《よねん》きり経《た》ってねぇがや、わだしだっ
て。

だァもの、
シィーッ掻《か》ぐがですよ。

痒《か》ィぐで痒《か》ィぐで、どうしょもねぇの。吹《ふ》きでたか、喰《く》わィたか。夢中《むつう》だァもの、
爪立《つめた》てる。
お人形《にんぎょ》の鼻《はな》すじだよねぇ、傷《きず》だって。鼻血《はなぢ》だよ。

——ぐらぁッと、
曇空《そら》ァ傾《へし》ィだっけぇ
蟲《むし》の声《おど》、いっせぇに降《ふ》ってきで

分《わ》がらねぇの、痛《い》だィも何《なに》も。喋《さ》べったこどァないんだがら、心《こごろ》しかない。人形《にんぎょう》も、
わだしも、
棒一本《ぼういっぽん》。

しんみりするど、漏《む》ったぐなっぢまァねぇ
じょろッと、
つたっだよぉ、地《ぢ》べだの頬《ほ》っぺに、
黄色《きいろ》い水《みず》が
くすぐったいよぉ、わだしも、泣《な》いだぁ

悲《かな》すこどァ何《な》ァんもないのに、なみだァ、なみだァ、一緒《えっそ》にこぼしたぁ

つがれで、眠《ねぷ》ったぁ、

泥《どろ》だらげで

薄光童子

さがし回《まわ》ったその母《はは》が、とうとう開《あ》けたら、眠《ねぶ》ってたぁ、押入《おしい》れで。叩《はた》かれ、引《ひ》っぱり出《だ》さィたっきゃあ。泣《な》いで、よだれバ引《ひ》ぎずったっきゃあ。

瞳《め》ンながで幻燈《げんとう》バ見《み》ておったがや、たった一人《しとり》で。夢《ゆめ》でねぇのよ、景色《けしぎ》でないもの。ことばも記憶《きおぐ》も、ろくに持《も》たない子《こ》どもが見《み》るのァ、涼《すず》しい人《しと》の布団《ふとん》でしょう、黴臭《かびぐさ》さでしょう。もたれ掛《か》かって、頬《ほ》っぺた付《つ》げて、舐《な》みたったぁ。なんでも口《くぢ》サ入《い》れるンですから。死《し》んだ人《しと》のどてらなんざァ、塩辛《そ》っぺぇよぉ。噛《は》んでも噛《は》んでも、袖《そで》ッコが。そうして、ぷぐッと、腹膨《はらふぐ》らせば、す――ッと、細《ほそ》こィ眼《まなぐ》になる。消《け》ぇ入《い》りそうな座敷童子《ざしきぼっこ》よ、この幼《おさ》な子《ご》も。

見《め》ぇできたぁ、浮《う》かんできょったぁ、小《ぺ》ャッこィ光《しが》りが、
螢《ほだる》みだいに。
碧《あお》だの、桃《もも》だの、橙《だいだい》だの、
散《ち》らばって、そうして模様《もよう》バ作《つぐ》るがですよ。
抽象《つうそう》だよ、
幼《おさ》ない目蓋《まぶだ》の裏《うら》ッかわァ
渦巻《うずま》ぎだの、輪《わ》つなぎだの、麻《あさ》の葉《は》だの、いちめんに、万華鏡《まんげきょう》バ落《お》としたようさね。宿《やど》っ
てるンだかしんないねぇ、大人《おどな》になっても、夜空《よぞら》の花火《はなび》サ見上《みあ》げる時《とぎ》ゃァ、そんな眼《め》が。
喰《く》っちまうのさ、べろんだよ、
へその胡麻《ごま》もアッコの味噌《みそ》も
むずこいィなァ。指《いび》ッコの逆剝《さがむ》げなんざァ、ほの甘《あま》ァい血《ち》の味《あじ》だァもの。啜《すす》るがしょう、
傷口《きずぐち》が響《ひび》ぐがしょう。ビリッ、ビリッと、痛《いだ》みァ黄色《きいろ》で、
痙《ふれ》ぇるがぁ
灯《とぼ》っておるがぁ、尾《お》を引《ひ》いて。
生《い》ぎでるのか、生《い》ぎる前《まい》だか、宙《つう》ぶらりんこで

（蚤一匹《のみいっぴき》、
　うなじサ乗《の》せたよ）

そのまま消《け》ぇてく子《こ》どももあろうよ
乳《ちぢ》よりも、
美《うつ》くしきもの、
愛《め》でたい子《こ》どももあるのだよ

深《ふ》がァい闇《やみ》、
胎内《はら》よりも
押入《おしい》れは

　　絵提灯《ぼんぼり》まわして、

探《さが》すな、
女《おんな》よ

軟体

あだしァ泣《な》いでいら。目《め》の前《まィ》が海《おみ》になるほど泣《な》いでいら。だでも、目玉《めだま》の真《ま》ん中《なが》で、見《め》ぇでいたのァ、火《ひ》ィで、光《ひがり》で、その震《ぶる》えで。

たしがに、あだしァ呆《ぼ》け茄子《ナス》だっら。銭《じぇじぇ》もお菓子《かし》も、どこへ入《い》れだか忘《わす》れっちまう。角《すみ》でも道《みぢ》でも眠《ねぷ》っちまう。だでも、どんだけ小《ち》ィさぐても、惚《ほう》げておっでも、母《かあ》さんが、三十女《さんるうおんな》の胸《むな》ぐらが、どうもこうも、どうもうなのァ、じぶんのせいでねァ。そのぐらいわがるっきゃあ。

その尻《しり》から出《で》できたこど、覚《おぼ》えとらん。とっくに、あだしァ、おったと思《おも》うよ。三十余年《さんるうよねん》じゃ利《き》かんうぢから、ここサ、おったと思《おも》うよ。だれにも見《み》えん、だァれも覚《おぼ》えとらんだげで。足《あし》の指《いび》のかだちのほがァ、ろぐに似《に》でおらんもん。だァども、

橙色《だいだいいろ》の火《ひ》ィや、光《ひがり》や、その震《ぶる》え、
　生《ま》ァれる穴《あな》でも見《み》でらっきゃぁ
　　そんな影絵《かげえ》ァ友《とも》らちだっきゃぁ

ぼろくそに叩《たた》かィで、喚《わ》めィで、喚《わ》めィで、涙《なみだ》のタレが喉《のんど》の壁《かべ》バ、るうるうとつたうとぎ、もういっぺん、見《め》ぇました。だァもの、痛《いだ》みの関節《かんせつ》をはずしました。あだしァ、ずぶずぶの軟体《なんたい》サもどって。すれば、感《かん》じないのでねァよ。ただ、重《おも》っだァるくなる、痛《いだ》みが、重《おも》みになる。石《いし》になる。すれば、目玉《めだま》の火《ひ》ィ火《ひ》ィが、ぴゅうッと盛《さが》る。

ぴゅうッと笛《ふぃ》がやって来《く》る。

お兄《にい》ちゃんも、よちえんだったのにねぇ。母《かあ》さんがまずブッ叩《たた》けるンァ、あだしだけ。この世《よ》の中《なが》で、あだしだけ。女《おんな》どうしらよ。脂《あぶら》ッ臭《くさ》いその胸《むな》ぐらバ引《し》っぱって、しょいこんで、重石《おもし》の下《しだ》の漬《つ》けモンになる。蛸《たご》になる。瞳《ひどみ》の灯《とも》った蛸《たご》になる。五十円玉《ごるうえんだま》、一枚《いぢまい》くれりゃァ、どこどこだって這《は》って、出《で》やるよ。家出《ええで》もするさ。

「これ以上《いじょう》オッ叩《ぱた》きゃァ、首《くび》ッコが欠《か》けちまァあ」、

祖母《おばば》が見《み》かねて、割《わ》り込《こ》んだっけ

なァに、
とっくにオッ欠《か》けでらよ
新《あだ》らしの、もういっぽん、生《は》やしたよ
ほら、ラッキョのように下《しも》ぶくれ、
おちょぽ口《ぐち》らよ

蟬音

母《かあ》さんが出《で》てきだの、夢《いめ》にね、半年前《はんとしまイ》に死《す》んだ母《かあ》さんが。ブリキの流《なが》し台《だイ》が
どごまでもどごまでも続《つづ》いでて、長《なが》いでしょう、水場《みずば》が、湯治場《トージバ》ァ。そこサ
おったがよ、一人《しとり》で。冥土《みょうど》というのァ、まずァ旅館《りょがんぐ》暮らしなのか、って思《おも》う
たのァ、起《お》ぎでからのこどで。
いいお湯《イ》サ浸《つ》かったんだよねぇ。ぼてらッと、背中《せなが》の肉付《にぐづ》きがもどってて、
歯《は》ア、
磨《みが》いでたのよ、しゃアしゃアしゃアしゃアしゃア
蟬《せみ》っこみだいな音立《おとた》でて。虫歯《むしば》がないのが自慢《じまん》の人《しと》だったもの。もっとも、
聴《き》き替《か》えてたンだがしんないねぇ、布団《ふとん》のながで、あだしの耳《みみ》が、塵《ちり》だのほ
こりだのの盛《さか》っている夜気《やき》バ。

駆《か》けよってったよ、とことことことこ。振《ふ》りかえった母《かあ》さんの顔《かお》ァ、紫斑《シハン》だらげだぁ。いや、死斑《シハン》のほうがよがんべかぁ。驚《おどろ》きゃァしねがったさ、わがってたァもの、ずンと重石《おもし》のように、死《す》んだこどァ。生《い》ぎ生《い》ぎしでたのよ、手足《てあし》もなにも、斑《あざ》だらげであったども。その瞳《め》ぇア、こうらこうらこうら、光《しが》ってで、肌《はだ》つやも良《ゆ》ぐて。四十代《しじゅう》ぐらいに若返《わかげ》ぇっておったっきゃぁ。ソッチの温泉《おんせん》ァ、ずいぶん効《き》ぐンだがぁ。「元気《げんき》げだねぇ」、思《おも》わず言《い》ったよ。てんで無邪気《むざぎ》なもんさ。十歳《とお》ぐらいになってたのかなぁ、あだしの気持《きも》ちも。母《かあ》さんは白《しろ》い柄《え》の歯《は》ブラシを抜《ぬ》き、蛇口《じゃぐち》バひねって漱《すす》いでから、「わりかしね」。ほうして、水《みず》バふくんだ顔《かお》ァ、みるみるみるみる膨《ふぐ》らんで。いィや、あだしが近寄《ちがよ》ったのか、いィや、大《おお》きぐなったのだよ、箪笥《たんす》ぐらいに。斑《あざ》の血《ち》だまりの、濃《こ》さ、淡《あわ》さ、歪《いび》づさの、ツブもカスも、じァじァじァじァ、迫《せま》って、動《いご》ィて、いぢめんですよ。目《め》ぇの回《まァ》るがしょう。立《た》っちゃァおれんがしょう。そのまんま眠《ねぶ》っちまったの、

廊下《ろうか》のその夢《いめ》のながで。

しばらぐして、来《く》るよになったがよ、母《かあ》さんは。こんだァ寝《ね》しなに、声《コィ》だげで。幻聴《ゲンチョー》とか耳鳴《みみな》りでァねぇ。聞《き》けてないのに、聞《き》けてるとしか思《おも》ぇないのよ。声色《コァいろ》も母《かあ》さんで、騒《さ》うぇでンのさ、夜《よ》ごと、這《は》いつぐばって。
うん。震災《しんさい》バあったでしょう、その当時《とぎ》に。仙台《せんだい》の妹《いもと》ンとごね、水《みず》がねぇ、電気《でんき》が来《こ》ねぇ、亀裂《きれつ》が入《はィ》る。心配《しんぱい》して、お前《まィ》が仕送《しおぐ》りやっとくれ、カセット焜炉《こんろ》おくっとくれ、って、頼《たの》みごとですよ。こっちもピーピーだよ、とか言《い》ァれないさ。こないだ会《あ》ったばがりがしょう。

　相手《あいて》は、

　紫斑《シハン》だらげの死人《しびと》ですよ

如何《いが》ようにも肥《こ》ゆらィる水場《みずば》の人《しと》ですよ、生《い》ぎてる者《もん》が、抗《あら》がィるわぎゃねぇがんしょう。

封筒《ふうとう》に幾枚《いぐまィ》かさし込《こ》みゃァ、まっと勢《はず》め、って、お札《さつ》の数《かず》も顔《かお》も、じィっと勘定《かんじょう》してるのよ。電気屋行《でんきやい》ぎゃァ、特価品《トッカヒン》ァすぐイカれる、て。年喰《としく》ってから生《ま》ァれた赤《あか》ン坊《ボ》だがら、可愛《かァい》かったのねぇ。妹《いもと》のこど、お子《こ》ちん、そう呼《よ》んでたったぁ。

どうにか新幹線《シンカンセン》がもどったら、こんだァ、見舞《みま》いサ行《い》っとくれ。気《き》にかけていましたよ、あだしだって。だァども、まず、命《メー》ずるの、その声《コィ》が、降《ふ》ってくる。

まだまだ厳《いが》めしかった仙台駅《せんだいえき》サおりたのァ、初夏《しょか》で。一枚一枚《いちまィいちまィ》の青葉《あおば》がまぶしくって、壊《こわ》ィでたのァ、人《しど》が拵《こ》せぇたモンばっかりで。

牛《ぎゅう》たん定食《てーしょく》ご馳走《ツつぉー》して、秋保温泉《あきうおんせん》へも行《い》って。大盤《おおばん》ぶる舞《ま》いのつもりでしたよ、チャンチキチャンのつもりでしたよ、あだしの痩《や》せ腕《うで》でァ。あぁだのこぉだの、姉妹《しまい》で語《かだ》って、杉《すぎ》の渡《わた》り廊下《ろうか》でけらけら笑《わら》って、いい湯《ゆ》サ浸《つ》かって。

そうして、帳場《チョーバ》の前《まィ》に立《た》ったらねぇ、

ぽろらッと、妹《いもと》が、

「ママ」。

似《に》でァおらんよ、あだしァ父親似《ちぢおやに》なんですよ

歪《いが》んでらぁ、

　　その目尻《めじり》が、頰肉《ほおにぐ》が、

母《はは》バ

見《め》えてしまったがですよ

蟬《せみ》が鳴《な》く、歯《は》を磨《みが》く、しゃアしゃアしゃアしゃア、
つる菜《な》のお浸《した》し食《た》べて、
うずらの卵《たまご》をこっくり飲《の》んで、
しゃアしゃアしゃアしゃア、この白《しろ》い歯《は》ブラシがわからんか！
耳鳴《みみな》りじゃねぇぞ、
ツッ伏《プ》すなィ、
もう七時《しちじ》だよ
借《か》りておるのや、お前《まい》のからだバ
空蟬《うつせ》みゃア、
　お前《まい》だよ
しゃアしゃアしゃアしゃア、
旅館《りょがん》バ翔《かけ》って、露天《ろてん》の蛇口《じゃぐち》ぜんぶ捻《ひね》って、
無限《むげん》の青葉《あおば》の木《こ》もれ陽《び》で

浸《ひた》って、膨《ふく》らむ、
たましいをしずめることばが、あるんだよ
お子《こ》ちんが、
お経《きょう》でも呪文《じもん》でもなく
お経《きょう》でも呪文《じもん》でも気持《きも》ちでもあって、
（そればかりが聞《き》きたかったのさ）
むらさき色《いろ》の、蟬音《せみね》の、気《き》が、
澄《す》む

冥土《みょうど》のおくの黒土《くろづち》へ
塵《ちり》が、
ひとっつ、

沈《しず》んだよ

実存

どのコがほしい花《はな》いちもんめ
あのコがほしい花《はな》いちもんめ

そのコがいようがいまいが、授《さず》かれようがぁ、いのちぐらいは、もうとっくに。ガラスの祭壇《さいだん》で、チンッと解凍《カイトー》して、誓《ちか》いのチューさね。媒酌人《ばいしゃくにん》は白衣《びゃくい》の天使《てんし》じゃござんせんか。

小《ち》ィさい小《ち》ィさい小《ち》ィさいモンが見《め》ぇる眼《まなぐ》バもったとき、
小《ち》ィさぐ小《ち》ィさぐ小《ち》ィさぐなるのぉ、
実存《じつぞん》も。

あなたは身《み》の丈《たけ》、6尺《ろっしゃぐ》だってぇ？　ソリャ大昔《おおむがし》のもの差《さ》しがんしょう。60《ろくずう》
ミクロン、いま、あなたは。だァもの、楷書《かいしょ》で、油性《ゆせい》ペンで書《か》いてけろって、
何度《なんど》も念押《ねんお》しされたでしょう、採精《さいせい》カップに名前《なまィ》バ書《か》くとき。いっくら白衣《びゃぐい》
の天使《てんし》さまでも、見《め》ぇないからさ、おたまじゃくしの顔《ツラ》までァ、老眼鏡《ろうがんきょう》バか
けなけりゃア。
間違《まちが》うか間違《まちが》わないかは、半々《ハンハン》の運命《うんめい》がすよ。あれかこれかは半々《ハンハン》がすよ。
面白《おも》っしぇなぁ、情報社会《じょうほうしゃがい》ァ、いつだってとなりも記号《きごう》ぞ。

小《ち》ィさい小《ち》ィさい小《ち》ィさいモンが見《め》ぇる眼《まなぐ》バもったとき、
でっかくでっかくでっかくなるどぉ、
　　　　　　　　　　　実存《じつぞん》が。

おらァ、ホントにおらだべか。唯心論《ゆいすんろん》はバテレンさんの幻想《ゲンソー》でしょう。この
カップに、2億《におぐ》ぞえ、おら、おら、おらが。唯《ゆい》ブツ論《ろん》じゃア、大日本列島《だいにっぽんれっとう》の
人口《ずんこう》よりも多《おお》いンですから、大日本帝国《だいにっぽんてーこぐ》をおらたちだげで作《つぐ》れンですから。
いづでも革命《かぐめい》おこさるなぁ。でっけァなぁ、可能性《カノーセー》とァ。寝《ね》た子《こ》バ叩《ただ》きおご
しゃアえぇ。

冷凍庫《レートーコ》ブッ壊《こわ》し、軍艦《ぐんかん》マーチ鳴《な》らしゃッせぇ。
ぎゅんぎゅんぎゅんぎゅん、飛《と》び出《だ》すなぁ、おたまじゃくしが。大当《おおあ》たりの
パチンコ台《だい》だよ。
おらァ、分速《ふんそく》4ミリ《よん》だァもの。天使《てんし》どのからもろうたわィのぉ、
〈後家《ごけ》ごろし〉のお墨付《すみつ》き。

まけてうれしい花《はな》いちもんめ
まげてうれしい花《はな》いちもんめ

じゃんけんすべや。
2億人《におくにん》の、おら、おら、おらと、
3婦人科《さんふじんか》の、あら、あら、あららと、
はな1《いち》もんめの順番《ずんばん》かけて、

かけ回《まわ》って

見《め》えない眼《まなぐ》バ皿《さら》にして、
じゃんけんすべや。
このシャーレに、
仰向《あおむ》けで浮《う》かぶまでが、〈いのち〉ですから、
あなたの実存《じつぞん》は、
死後《しご》の世界《せがい》だよ、おらたちの。

模様

ミケとブチのつがうことのできるでしょう、
　猫《ねこ》なれば、
おもての毛色《けいろ》が違《ち》ごうても、ミャーミャー、子《こ》ぉバ拵《こ》せぇるでしょう
ワンとミャーほど
離《はな》れておるんじゃありゃァせんか、
　黒《くろ》アゲハと、
　青《あお》スジアゲハは
黒《くろ》なればユズだのサンショウ、青《あお》なればクスの葉《は》ッパがお好《この》み。芋虫《いもむし》、毛虫《けむし》の頃《ころ》からして、
てんでんの菜《な》ァ喰《は》んで、しゃぐしゃぐしゃぐしゃぐ、同《お》なァし音色《ねいろ》で喰《は》みつづけて、挙《あ》げ
句《く》の果《は》てァ、同《お》なァし形《ナリ》になり申《もう》されて、

えイ、
　おまいさんらは
断《だん》じて交《まじ》わらない、決《け》ッして同衾《どうきん》できないと、ふぁらふぁらふぁらふぁら、
てんでんに
　　羽《は》ばたいて。

からだですよ、
　その色柄《いろがら》さまこそが
本質《ほんしつ》ですよ、
　感受性《カンズセー》なのですよ
バダフライにとってみりゃア、
　　　股間《コカン》なのですよ

生《い》ぎものだァもの
模様《もよう》、
というのも

そら、
一枚《いちまイ》、
窓辺《まどべ》で揺《ゆ》れてるよ

汗玉

狐《きづね》サなっちまう話《はなし》のあるでしょう。花《はな》に見惚《みと》れで、いづまでもいづまでも
口《くぢ》ずさんでおるうちに、ふぞらッと尾《お》ッポの生《は》えで、白狐《しらぎづね》サなっちまうのが。
機織《はだお》りしながら鶴《つる》になるのもあるでしょう。
越《こ》ィられたのさ、
夢中《むつう》やら忘我《ぼうが》やら、そうげなことばで括《くぐ》れねがった時分《じぶん》ァ。あぁげな素振《そぶ》り
バもち堪《こた》えで、途方《とほう》もなぐくり返《かえ》して、洞穴《ほらアな》を拵《こ》せぇるんですね、目蓋《まぶた》の
内側《なが》に。
心《こごろ》の回《まわ》って、目《め》の回《まわ》って、その底《そご》へ舞《ま》い降《お》りりゃァ、
眉毛《まィげ》の薄《う》すうなって
うっそりと、

剥《は》がすがですよ、その皮《かわ》を、人《しと》の皮《かわ》を
ほうして、
なにかになるがですよ

けものとァ、違《ちが》う。
白《しろ》いから。
くり返《かえ》しゃァ、からだ中《ずう》に、みっしりと汗《あせ》の玉《たま》ァ膨《ふぐ》らむでしょう。細魚《さより》の目玉《めだま》が並《なら》んだようで、光《しが》るがしょう。一斉《いっせえ》に泳《およ》ぎだしゃァ、極上《ごくじょう》の水衣《みずごろも》だよ。
そしたら、だらしのなぐなるがんしょう、下《した》ッ皮《かわ》が、
ゆるんで
夜風《よかぜ》に乾《かわ》きだしゃァ、

蛇衣《じゃぎぬ》のごとく――。

そうげなわだしが、いくづの目玉《めだま》か、いくづの首《くび》か、足《あし》ッコあったか。
あとから付《つ》けでくれしゃったがしょう、狐《きづね》も、鶴《つる》も、どなたさんかが。真《ま》

白《しろ》く耀《かが》ようけだものの腋《わぎ》のにおいバ、闇《やみ》に、
思《おも》い出《だ》しゃって。

島《しま》から島《しま》へ
渡《わ》だる鳥《とり》たち、おるがんしょう。なァんも喰《は》まんで、なァんも飲《の》まんで、
どごまでもどごまでも羽《は》ばたきつづけで、
白《しろ》くなっておるんでねァか
そうげなとぎ、

脱《ぬ》いで、

括《くぐ》られねァ生《い》ぎものが
飛《と》んでおるんでねァのすか、
見《み》ゃァげてごらんせぇ
青天井《あおてんじょう》バ

高《たか》く、高《たか》く、
高《たか》く、
ほら

——降《ふ》る汗《あせ》を

飲《の》み込《こ》もうとするがんしょう、
目《め》の花《はな》が

啜ってごおりゃんせ

見《め》ぇない瞳《ひどみ》だァもの、それは、慕《しだ》っているだけの目《め》ン玉《たま》だァもの
ぷぐらッと、膨《むぐ》れでおるでしょう
冷《しゃ》ッこい水《みず》っこ、うぅるうぅる湧《わ》いできて
涙《なみだ》でねぇ、涙《なみだ》でねぇよぉ
啜《すす》ってごぉりゃんせ
潮辛《しおがら》いその乳《ミルグ》、
あんだァの下唇《しだくちびる》に、
恥《は》じらうでしょう
睫毛《まつげ》のようなその鰓《えら》が、
じアじアじアじア縮《つづ》み上《あ》がっておるでしょう

──恥《は》ずがしさとは
軟体動物《なんたいどうぶつ》サ
化《ば》げるこどであったっきゃあ
一時《いっとき》、
小《ぺ》っこい生《い》ぎ物《もん》みだいに捩《よじ》らすのでねぇのすか、あんだァも

啜《すす》ってごぉりゃんせ
震《ふれ》ぇ上《あ》がった白眼《しろまなぐ》バ、
噛《か》み切《き》ってごぉりゃんせ
見《め》ぇないもの、見《め》ぇないもの、殻《から》ンながサ隠《こも》っておったんだァもの

じアじアじアじア、じアじアじアじア
喉《のど》もとを、
這《は》いずるものたち。
忍《しの》び込《こ》んでおるんがよぉ、

喰《く》らいたくって、
あんだァの
内臓《はらわだ》へ
じアじアじアじア
岩礁《いわかげ》だがよぉ、
もう一《ひと》づの深海《しんがい》だがよぉ

足だち

ほう、と立《た》ちすくみゃア、
じょろッ、と砂利音《じゃりおと》

旅《たび》の晩《ばん》、浜辺《はまべ》サそぞろに出《で》ていったァのす。宿《やど》の下駄《げた》は、がふたらで、砂地《すなじ》に足《あし》バ飲《の》まれながらの、外股歩《そとまだある》き。秋風《かぜ》サ乗《の》り切《き》れねぇ奴凧《やっこだこ》のようがしょう。ハテ、入江《いりえ》の脇《わき》に畠《はたけ》がごぜんす。こげな所《とご》サァ、生《な》りモンがあるはずねぇべと思《おも》いきや、縮《ちぢ》れて塩枯《しょおが》れした葉《は》っぱの根《ね》もとに、ぼうやりと、ぼうやりと、青白《あおじろ》い首《くび》ッコが。いちめん、大根《だいこ》の豊作《ほうさぐ》で、うようよ磯辺《いそべ》サ居《お》ったがですよ。

ほう、と立《た》ちすくみゃア、
じょろッ、と砂利音《じゃりおと》

ぼうぼう白髪《がみ》に、苧麻《ちょま》の腰巻《こしまぎ》まいた老《お》いた嫗《おうな》が、岩陰《いわかげ》にオッ伏《ぷ》して。ばっぎらと眼《まなぐ》バ開《あ》けで。見張《みは》りしてけら、大根《だいこ》どろぼうの。

　コリャ、

　　オッカネェ

裾《すそ》バからげて、退散《たいさん》して。

婆《ばあ》さまのしたり顔《がお》でも拝《おが》みたや、盗人《ぬすっと》の足《あし》ヒッつかむ、早技《はやわざ》バ拝《おが》みたや。そうして、裏《うら》の松林《まつばやし》サしのんだァのす。

十六夜《いざよい》月がようやっと昇《のぼ》った海《おみ》は、羅《ら》の薄絹《うすもの》バひろげたみてぇに静《すず》らに耀《かが》よい、その端《はだ》では、しゃがれた婆《ばば》ァが、這《は》いつくばっておりやんす、百足《むかで》のごとく。

深妙《しんみょう》な絵《え》づらでごぜえましょう。皺《しア》だらげの首《くび》の下《した》、丸出《まるだ》しの乳房《ちちぶさ》は、垂《た》れてはいても面妖《めんよう》で。夜中《よなが》に成長《おが》る大根《だいこん》だぢゃァ、いがにも、もの欲《ほ》しげに、青首《あおくび》バひねり伸《の》ばして。

だァれも来《き》やしません。盗《と》りきやしません。酔《よ》っぱらいも、網《あみ》の修繕《しゅうぜん》する海人《あま》もおりゃァせん。松風《まつかぜ》と寄《よ》せかえす波音《なみおと》に耳《みみ》バ吸《す》われて、つい、こっくら、落《お》っこちましたよ、

睡魔《すいま》の浅瀬《あさせ》に。

擦《こす》って、目《め》ぇ開《あ》けるまで、半時《はんとき》ばかり過《す》ぎたっきゃあ。三《さん》、四歩《よんぽ》、波打《なみう》ち際《ぎわ》サ横這《よごば》いして

おったから、尻《ケツ》の重《おも》こい婆《ばあ》さまが。
いえネ
浮《う》かんで来《き》ょったがですよ、
へんなモンが
おだやかな水面《すいめん》サ、丸《ま》ァるいかげが、丸《ま》ァるいあたまが。「土左衛門《どざィもん》か」「いンや、人《しと》じゃあるまい」。「大海月《おおくらげ》か」「いンやァ、眼《まなぐ》があり申《もう》せば」、
それは、
蛸《たこ》にごぜんす
ぽっこら、ぽっこら、つぎからつぎから。満《み》ちきったお月《つき》さまが、ゆるゆる落《お》としゃる赤《あが》ン坊《ぼう》とは、蛸《たこ》である。なんとまァ、お盆《ぼん》のように白《しら》じら輝《かが》やぎ、そうして、びじょッと、海面《うなづら》がら、胎児《たいじ》のごとき膠質《ゼラチン》の頭《おつむ》バ出《だ》して、ちィッと傾《かし》げで。よちよち、よちよち、浜《はま》サ上《あ》がって来《き》たァのす、内臓《はらわだ》の透《す》きとおった軟体動物《なんたい》が。翠色《みどり》の血潮《ちしょお》をめぐらす夜《よる》の産《うぶ》ッ子《こ》が。波際《なみぎわ》サ横切《よごぎ》るとき、疣《イボ》だらげの足《あし》だぢが、大小《だいしょう》の泡沫《あぶぐ》と混《ま》じり、美《うづ》ぐしゅうごぜえますなぁ。まるで、蛋白石《オパール》が溶《と》け出《だ》したァづうがよぉ。
ブッたまげたのは、婆《ばあ》さまのほうでがす。ぎょろらッと、あどけない大《おお》きな斜目《すがめ》が並《なら》んだのすから。慕《した》わしげに。ごめんください、のつもりがしょうなぁ、打《う》ち寄《よ》せる波音《なみね》につれ

て、しんみり頭《こうべ》バ垂《た》れ申《もう》す。蛸《たこ》が、でごぜんすよ。十六夜《いざよい》に決《き》まって現《あら》わる大根《だいこ》どろぼうは、人《しと》の仕業《しわざ》でねぇのした。腰《こし》バ抜《ぬ》がしておったがや、婆《ばあ》さまは。這《は》いつぐばったまま、震《ふれ》ぇで、震《ふれ》ぇで。


畠《はたけ》の中《なが》サ入《へ》ぇった蛸《たこ》だぢゃア、太《ふど》い足《あし》バぬさッと放《ほ》ぉって、干枯《ひが》れた葉《は》っぱ、ヒッつかむと、鉤《かぎ》の手《て》の長足《ながあし》バ、肥々《こえごえ》した根《ね》もとに巻《ま》ぐ。吸《す》い付《つ》いて、じゅるッと潮汁《うしお》バ漏《も》らした疣《イボ》だぢ。こうこうたる月光《げっこう》が、一滴《いってき》、一滴《いってき》、射《さ》し抜《ぬ》いでおりやすぞ。

頭《こうべ》を支《ささ》える足《あし》だぢゃア、海星《ひとで》のごとく四方《しほう》に伸《の》して、もう一本《いっぽん》、にゅッと、鉤手《かぎで》へ添《そ》え手《で》すりゃア、ぎゅうだら、ぎゅうだら。血潮《ちしょぉ》バ駆《か》けずり回《まわ》して、ぎゅう、ぎゅうだらと、婆《ばあ》さまの生《な》りものバ抜《ぬ》き取《と》ったのでごぜえんす。ブィと、葉《は》っぱバうッ捨《ちゃ》って。

そうして、いがにも愛《いど》おしそうに、みずからの足《あし》ッコのごとく、かき抱《だ》きやした。頬《ほお》ずりしておるものもあります。先《さき》ッポにしゃぶりッつくものも。その斜目《すがめ》が、一時《いっとき》に、磯《いそ》と婆《ばあ》さま見《み》さだめて、揺《ゆ》らぎやす。嬉《うれ》しそうに潤《うる》みやす。黒真珠《くろしんじゅ》バ生《ま》れ出《い》づるのは、こぉげな眼《まなぐ》でありゃしょうや。

見《み》とれておったっけぇ、婆《ばあ》さまは。盗人《ぬすっと》を追《お》っかけるこどもなく、癪立《しゃくだ》ちするこどもなく。夢見《ゆめみ》てるげな心地《こころぢ》であったがしょう。オィヤァ、真《ま》ッ赤《か》な眼球《がんきゅう》とひしゃげた鼻《はな》から、うす紅《くれない》の澄《す》みきったしずくバ垂《た》らし、忘我《もうが》であっだがよぉ。

見《み》ておった、

婆《ばあ》さまは

蛸《たこ》だぢに、

にゅうるり堕《お》ろした水子《みずこ》のかげバ

はるか昔《むかし》の、喰《く》わさぃねがった流《なが》し子《ご》が、海《おみ》から戻《もど》った頓悟《とんご》して。月光《げっこう》さまの聖力《しょうりき》で、泳《およ》いで来《き》よった、いざって来《き》よったと思《おも》ったァのす、この媼《おうな》は。むき出《だ》しの乳房《ちちぶさ》が瑞《みず》らにふくらみ、ほの白《じろ》く、

あったげなぁ、

まっことの大根《だいごん》バ

胸《むね》にこそ

腰巻《こしまぎ》ひとつで伏《ふ》せっておったァ、知《し》っとったや、月《つぎ》の子産《こう》みバ。権化《ごんげ》であっただよぉ、浜《はま》の大根《だいこ》だぢゃァ、婆《ばあ》さまの乳《ちぢ》ッコの。どーンぞ、飲《の》んでくれろだぢゃあ。しゃぶってくれろだぢゃあ。なまいだ、なまいだ、なまいだ、なまいだ。

声《こィ》しぼり、婆《ばあ》さまがお念仏《ねぶつ》かけると、手足《てあし》バ揺《ゆ》らァし、戻《もど》っていがしゃりましたぞ、蛸《たこ》だ

ぢゃア。振《ふ》りかえり振《ふ》りかえり、根《ね》のもの大事《だいじ》に、
海底《うなぞこ》へ。

翌朝《よくあさ》、
まいちど拝《おが》みィ出《で》ると、ムッと磯《いそ》の香《か》。うっ捨《ちゃ》られた昆布《こんぶ》ばかりが干上《ひあ》がって、畠《はたけ》なく。
石蓴《あおさ》がこび付《つ》く岩《いわ》のうえには、絶《た》え入《い》らんいのちが一匹《いっぴき》。
足《あし》バ失《な》ぐした大百足《おおむかで》。
なけなしの乳《ちち》ッコバ、はるけき御子《おこ》サ授《さず》ける一念《いちねん》。婆《ばあ》さまの虫《むし》の息《いぎ》の化生《けしょう》がや。
いや、
這《は》い上《あ》がっただけではないのか
蛸《たこ》だぢは、
入江《いりえ》の
波《なみ》が、
わらわらわら、
わらわらわら、
夜《よる》の大波小波《おおなみこなみ》がこぞって来《き》たのでねぇのすか

透《す》きとおったあのものどもは、婆《ばあ》さま飲《の》んで、カッ掠《さら》い――

足揺《あしゆ》らし、
蒼穹《そうきゅう》へ
上《あ》がっていく鮹《たこ》
海《おみ》の蛸《たこ》でねぇかと思《おも》うよ、
旅《たび》ぐらしのわだァしも

月《つき》が操《あや》つる糸《いと》である、
その網引《あびき》である、
潮《しお》の満《み》ち干《ひ》も
闇《やみ》にうごめく足《あし》、足《あし》、足《あし》、足《あし》、足《あし》、足《あし》、足《あし》、足《あし》、
舞《ま》い上《あ》がる蛸《たこ》たちも

糸引き女のうた

虫《むし》ッコに
可愛《かァい》がられる　あだしだァもの、
喰《く》わしてもらう　あだしだァもの。
彫金《ちょーきん》のかんざしァ、幾頭《いくとう》ぶんなんだろねぇ
蝶々《ちょーちょ》になれない　蚕《あね》さの代《か》ァりに、
ひらひらひらひら、振袖《ふりそで》のたもとをお振《ふ》りよ、花嫁《はなよめ》さん
　糸《いど》ンなって、
　　生《い》ぎかえりゃんせぇ
繭玉《まィだま》だんご、

だんごの花《はな》よぉ
ずっしり、たわむ　宝《たがら》の穂《ほ》。
虫《むし》の尻《しり》ッコ　打《う》つ鞭《むち》なけりゃア、
桑《くわ》の腕《うで》ッポ　打《う》たしゃんせぇ
ひらひらひらひら、その袖《そで》から札《さ》ッたば降《ふ》るがや、旦那《だんな》さん
　　糸《いど》ンなって、
　　　　恨《うら》みなしゃんせぇ

ぐらぐらぐらぐら、
　　煮《に》え立《た》てて
とわとわとわとわ、
　　ひッ紡《つむ》ぎゃア、
蛹《さなぎ》　臭《くせ》ぇ女《おんな》だと、疎《うど》まれましたよ

あだしも、
蚕《あね》さも、

丸《まる》はだか
身《み》ぐるみ剝《は》がされ、
似《に》るせなか

糸《いど》ンなったら、
伸《の》びるかえぇ

おぼえ書き

衿もと
桐生《きりゅう》の機屋《はたや》に生まれ育った母は、実際、たくさんの着物を遺した。

襤衣
祖母は、生涯の大半を和服で通したひとだった。絽《ろ》や紗《しゃ》は夏用の薄物。セコハンは中古品のこと。

川曲
鰹節を手ずから鉋で掻いて、出汁をとるのが家々の習慣だった頃が懐しい。「でァねァ」は「ではない」、「たんと」は「たくさん」の意。「羯諦《ギャーテー》」は般若心経の一句。

神の子
P・P・パゾリーニ監督によるイタリア映画『豚小屋』、アイヌ祭礼のイヨマンテを踏まえた。「ファナーティスズム」は「ファナティシズム」の意。

神の木
諏訪地方には、木落《きお》としを含む勇壮な御柱祭がある。

川あそび

幼いとき、仲良しだった男の子の死に触れたことがある。綴りつつ、島尾ミホや長田須磨が記述した奄美群島の洗骨儀礼などから飛躍した。「めめず」は「みみず」、「したっけ」は「そうしたら」「それにしても」、「もぞい」は「かわいそう」の意。

織子瓜子祭文

東北地方の昔話「瓜子姫《うりこひめ》」、津軽の巫女、桜庭スエの語り口、山本ひろ子や坂口昌明によるそれらの研究に霊感を得た。「毎日《まいにち》し日《にち》」は「毎日ひまなく」、「ひとりこで」は「ひとりぼっちで」、「いだかぁ」は「いるか」、「鬼だのし」は「鬼なのです」、「じせなぐ」は「否応なく」の意。

おーしらさま考

おしらさまは、主に東北地方に伝わる神体。養蚕神、農神、目の神、家の守り神、仏さまなど、さまざまな性格をもち、毎年、新しい赤い着物を木の神体に着せ足す慣わしもある。そもそもは悪臭にこそ蘇りの力が感じられたのではないかと夢想する。「孕レン《ぼて》」は妊婦、「けらい」は気仙《けせん》弁で「頂戴」の意。ちなみに、柳田國男に「大白神考」という論考がある。

電球

綸子《りんず》は、なめらかな紋織物。メリンスは、薄地の毛織物のきもの。羽二重《はぶたえ》は、きめの細かいつややかな絹織物。伊達締《だてじ》めは、長襦袢に巻く薄い細帯。

化野

大船渡のおんば、今は亡き三浦不二子は地域の芸能者と言ってよかった。その自在な抑揚の音楽が耳に残り、詩作を遠くから励ましてくれたような気がする。

七歳

幼いひとの、語らない、語れない胸の内は、濁音のくぐもった響きがようやく結んでくれるような……。「いづもかづも」は「いつでも」、「ゆぐ」は「よく」、「しどりで」は「ひとりで」の意。

逢魔

かつての伊勢神宮には、神饌などに奉事する子良《こら》と呼ばれる童女がいて、そのひとり言は占いのもとになったという。各地の村落にも、神に仕えるその類いの子はいたのではないか。

供物

古くから続く桐生の実家では、うどんが神仏に対する何よりもの供物で、祖母が手打ちで拵えていた。「ぺっこい」は「小さい」の意。

薄光童子

主に岩手で語られる蔵などに住む精霊、ざしきわらしは、ざしきぼっことも呼ばれる。こどもの密やかなからだ遊びは、土方巽の舞踏譜とも繋がるだろう。

蟬音

震災にまつわるじぶんの体験をもとにしているのだが、ひと連なりに綴れたのは、桐生ッ子の母、さらに大船渡のおんば、故・今野スミノなどの語り口の抑揚が、響きの裏側を支えてくれたのだと思う。「まっと勢《はず》め」は「もっと奮発しろ」の意。

実存

土の臭みがする声というのは、皮肉や諧謔や詭弁、つまり、ことばの捩《ねじ》れとも親しい。唐十郎戯曲の怪優たちとも通じ合うと思う。

汗玉

昔話として「狐女房」「鶴女房」はよく知られているが、説経節「信太妻《しのだづま》」では、菊の花に見惚れているうちに女が狐の顔を現す。図らずも、井上孝雄の悠久への旅立ちに、花筐《はながたみ》の詩となった。

足だぢ

岩手の昔話「蛸と大根」、可児弘明による蛸研究、工藤正廣の津軽弁音読などから跳躍した。苧麻《ちょま》は、木綿以前には代表的な繊維だった。羅は、網目状の透けた織物。「しゃがれる」は「皺《しわ》んで枯れる」、「おがる」は「大きくなる」、「まいちど」は「もういちど」の意。この詩を書いた後なのだが、気仙弁では深い回想を「昔が来る」と言い表したと、そのおんばの一人、金野孝子に教わる。

糸引き女のうた

糸引きは繭を煮て、数粒から糸を撚りあわせ、枠に巻き付けてゆく仕事。蚕の数え方は「頭」。繊維産業が盛んだった時代の桐生には、東北地方から働きに来た女たちも多く、小さいわたしを可愛がってくれたひとは、そのひとりだった。

＊東日本大震災をきっかけに懇意になった岩手県大船渡市のおんばから習ったことば、故郷の桐生弁、さらに各地の民話・芸能の語り口などを踏まえることによって、地層の深みにあるはずの〈未知なる声〉、そのふしぎな語り手をこつこつと探した。特定の土地ことばやその聞き書きではなく、想像空間の地べたを這って。精霊や神子の導きとともに。

初出一覧

＊誌名の記載のないものは、雑誌『ミて』掲載

衿もと ――『カリヨン通り』第一五号　2016.9.16 Fri.
襤衣 ――『ミて』第一五一号　2020.6.30 Tue.
川曲 ―― 第一五六号　2021.9.30 Thu.
白い犬 ――『神奈川大学評論』第九八号　2021.7.31 Sat.
神の子 ―― 第一四三号　2018.6.30 Sat.
神の木 ―― 第一四四号　2018.9.30 Sun.
川あそび ―― 第一五二号　2020.9.30 Wed.
織子瓜子祭文 ―― 第一三一号　2015.6.30 Tue.
おーしらさま考 ―― 第一三四号　2016.3.30 Wed.
電球 ―― 第一三二号　2015.9.30 Wed.
化野 ―― 第一五八号　2022.3.31 Thu.

七歳――第一三七号　2016.12.31 Sat.
逢魔――第一五七号　2021.12.31 Fri.
供物――第一五三号　2020.12.31 Thu.
棒一本――第一三八号　2017.3.31 Fri.
薄光童子――第一三六号　2016.9.30 Fri.
軟体――第一五九号　2022.6.30 Thu.
蟬音――『現代詩手帖』二〇二三年六月号　2023.6.1 Thu.
実存――第一四六号　2019.3.31 Sun.
模様――第一五四号　2021.3.31 Wed.
汗玉――『三田文學』二〇二三年秋季号　2023.11.1 Wed.
啜ってごぉりゃんせ――『びーぐる』第三一号　2016.4.20 Wed.
足だぢ――第一二八号　2014.9.24 Wed.
糸引き女のうた――第一三九号　2017.6.30 Fri.

新井高子（あらいたかこ）

一九六六年、群馬県桐生市で織物工場を営む家に生まれる。詩集に『詩集　覇王別姫』（緑鯨社）、『タマシイ・ダンス』（未知谷、第四一回小熊秀雄賞）、『ベットと織機』（未知谷）。英訳詩集に『Factory Girls』（Edited by Jeffrey Angles、Action Books、第一回Sarah Maguire Prize 最終候補）等。震災後、啄木短歌を岩手県大船渡市の土地ことばに訳す企画を立ち上げ、編著『東北おんば訳石川啄木のうた』（未來社）刊行。その発展で、映画『東北おんばのうた――つなみの浜辺で』（監督・鈴木余位、山形国際ドキュメンタリー映画祭２０２１アジア千波万波部門入選）を企画制作。戯曲評論に『唐十郎のせりふ――二〇〇〇年代戯曲をひらく』（幻戯書房、第三二回吉田秀和賞）。アイオワ大学国際創作プログラム２０１９招待参加。詩と批評の雑誌『ミて』編集人。

おしらこさま綺聞《きぶん》

二〇二四年三月十一日　第一刷発行

著　　者　新井高子
発 行 者　田尻　勉
発 行 所　幻戯書房
郵便番号一〇一－〇〇五二
東京都千代田区神田小川町三－十二
岩崎ビル二階
電　話　〇三（五二八三）三九三四
F A X　〇三（五二八三）三九三五
U R L　http://www.genki-shobou.co.jp/

印刷・製本　中央精版印刷

ISBN978-4-86488-291-0　C0092